EINE SEKUNDE DER EWIGKEIT

ZEICHNUNGEN: **PHILIPPE AYMOND**
SZENARIO: **JEAN VAN HAMME**
FARBEN: **SÉBASTIEN GÉRARD**

EINE SEKUNDE DER EWIGKEIT

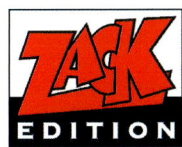

Originaltitel: Lady S. — Une seconde d'éternité

Aus dem Französischen von Marcel Le Comte
Chefredaktion: Georg F.W. Tempel
Herausgeber: Klaus D. Schleiter

Druck: Druckhaus Humburg GmbH, Am Hilgeskamp 51-57, Bremen

Lady S. — Une seconde d'éternité
© DUPUIS 2011, by Van Hamme, Aymond
www.dupuis.com
All rights reserved

Für die deutschsprachige Ausgabe:
© 2012 MOSAIK Steinchen für Steinchen Verlag + PROCOM Werbeagentur GmbH
Lindenallee 5, 14050 Berlin.

www.zack-magazin.com

ISBN: 978-3-86462-004-1

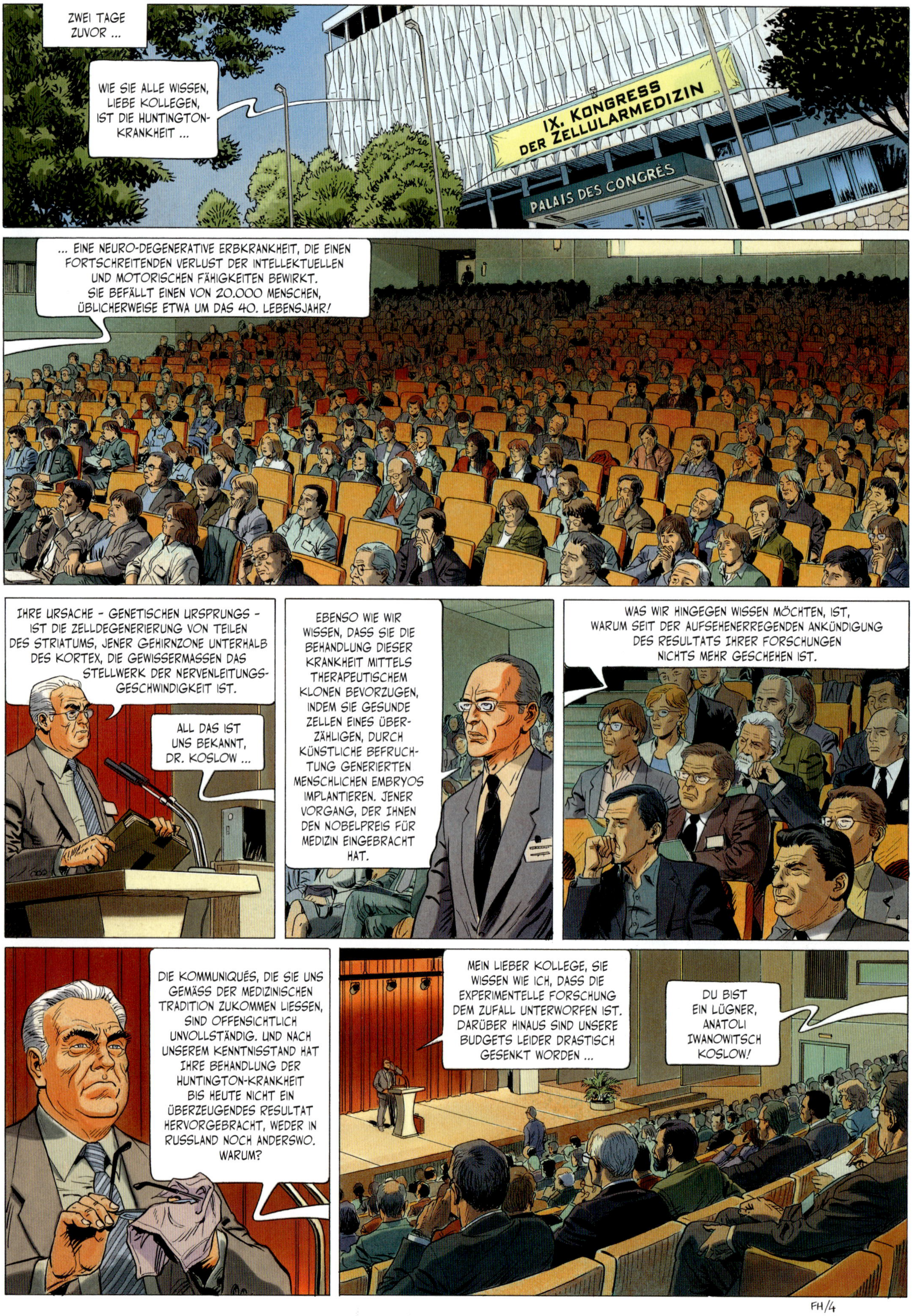

*ANGE = FRZ. FÜR ENGEL

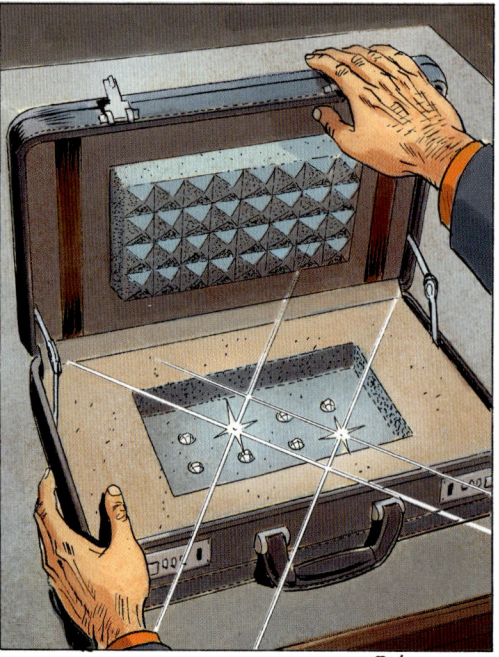

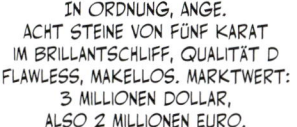

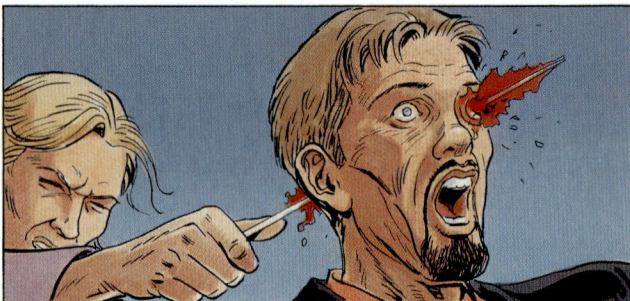

DAS REICHT!

DEINETWEGEN IST FEDOR TOT. MORGEN WERDE ICH DIR, NOCH BEVOR DIE KORSEN SICH UM DICH KÜMMERN, EIGENHÄNDIG DIE AUGEN RAUSREISSEN.

IHRE NACHT WIRD WENIGER ANGENEHM ALS VORGESEHEN, MEINE LIEBE. UND MORGEN WIRD ES VIELLEICHT NOCH SCHLIMMER. ICH HOFFE ZUTIEFST, DASS SIE MIR DIE WAHRHEIT GESAGT HABEN.

SCHLIESST SIE ALLE BIS MORGEN IM KELLER EIN. GETRENNT. MIT ZWEI STÄNDIGEN WACHEN.

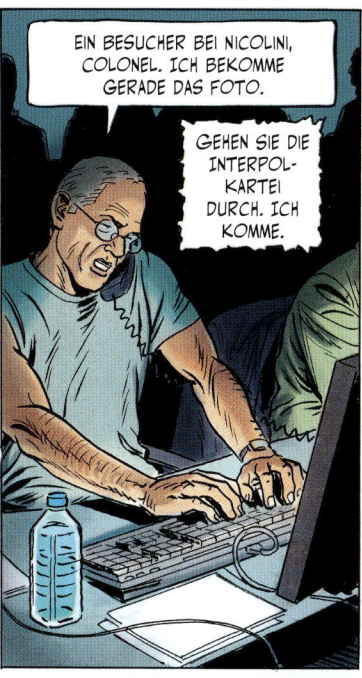

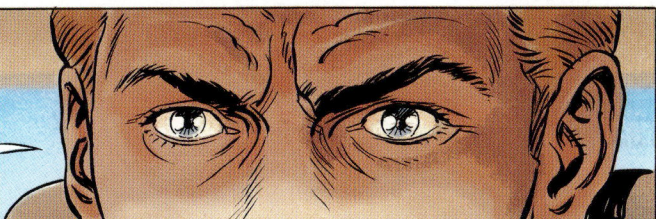

NIEMAND HAT SIE HIER GESEHEN, COLONEL. UND SIE HABEN AUCH KEIN FLUGZEUG BESTIEGEN.
SCHEISSE! DIE EINZIGE HOFFNUNG, DIE UNS BLEIBT, SIE ZU FINDEN, IST, DASS SIE DAS HANDY BENUTZT, DAS WIR IHR GEGEBEN HABEN. WO DIE DOBROWNA JETZT WIEDER IN DER LANDSCHAFT RUMTURNT, DROHT ALLES ZU PLATZEN.
SO, WIE DU SIE MIR BESCHRIEBEN HAST, GLAUBE ICH ZU WISSEN, WER DIESE LADY IST: SHANIA RIVKAS, EINE ESTIN. SIE HAT UNSEREN VERSUCH, DIE NOBELPREISTRÄGER IN STOCKHOLM ZU ENTFÜHREN, VEREITELT. WEIL MEIN TROTTEL VON SOHN SICH IN SIE VERLIEBT HAT*.
* „59° NÖRDLICHE BREITE"
SIE WAR ES AUCH, DIE MIT IHREM KOMPLIZEN ANTON GRIWENKO VOR FÜNFZEHN JAHREN EINEN OFFIZIER DES FSB ERMORDET HAT, DER FÜR MICH ARBEITETE. ICH WILL IHREN KOPF, LIOBA.
WIRD ERLEDIGT, JURI. MIT FREUDEN. UND ... UND NICHOLAS?
* NASDROWJE, SHANIUSCHKA!
LIQUIDIER IHN EBENFALLS.
ABER ... ER IST DEIN SOHN ...
ICH HABE KEINE WAHL, LIOBA. ER HAT MICH VERRATEN. WENN ICH IHN AM LEBEN LASSE, VERLIERE ICH DAS GESICHT.
DAS PROBLEM IST NUR, ICH WEISS NICHT, WO SIE SIND.
SIE WERDEN ZU DIR KOMMEN. NICOLAS WEISS, WEN DIE KORSEN AUF MEIN GEHEISS TÖTEN SOLLEN. UND ANGESICHTS DER WENDUNG DER GESCHEHNISSE WIRD ER VERMUTLICH VERSUCHEN, SIE DAVON ABZUHALTEN.
MEIN VATER ...?!
HOTEL · · BEAUSEJOUR
NICOLINI SOLL MEINEN VATER ERMORDEN?! ABER WARUM?
WEIL DER KREML NICHT ZULASSEN KANN, DASS ABEL RIVKAS DR. ANATOLI KOSLOW DISKREDITIERT. UND WIE SO OFT SEIT DER AUFLÖSUNG DES KGB SIND ES DIE GANGSTER, DIE MIT DER DRECKSARBEIT BEAUFTRAGT WERDEN. DIE DARAKHIN-MAFIA IN DIESEM FALL.
ABER IN FRANKREICH HATTEN WIR NICHT DEN NÖTIGEN APPARAT. ÜBER UNSERE AMSTERDAMER FREUNDE HAT SICH MEIN VATER DESHALB AN DIE KORSEN GEWANDT, DIE IN DIESER REGION DAS SAGEN HABEN.
SE/31

ICH ... ICH KANN DAS NICHT GLAUBEN. DEIN VATER HAT DIE ERMORDUNG MEINES VATERS BEAUFTRAGT, UND DU, DU HÄTTEST DAS ZUGELASSEN ...
ICH HABE VERZWEIFELT VERSUCHT, DICH ZU WARNEN, SHANIA. ABER ICH HATTE KEINE AHNUNG, WO DU DICH AUFHÄLTST. OHNE DIESES UNGLAUBLICHE ZUSAMMENTREFFEN DER UMSTÄNDE ...
FASS MICH NICHT AN, DRECKSKERL! WAS WILLST DU JETZT, DA DU MICH GEFUNDEN HAST, TUN, UM DAS ZU VERHINDERN, HM? ICH WEISS NOCH NICHT MAL, WOHIN MEIN VATER GEBRACHT WURDE.
ABEL RIVKAS BEFINDET SICH UNTER GRÖSSTEM SCHUTZ IN DER FORSCHUNGSABTEILUNG DER UNIVERSITÄT SOPHIA ANTIPOLIS IM NORDEN VON ANTIBES, ETWA 30 KM VON HIER. SOBALD ER SEINE IDENTITÄT BEWIESEN HAT, WIRD ER IN EIN BIOENERGETIKLABOR DES CNRS* GEBRACHT.
* NATIONALES ZENTRUM FÜR WISSENSCHAFTLICHE FORSCHUNG
VERMUTLICH WERDEN DIE KORSEN WÄHREND DIESER ÜBERFAHRT VERSUCHEN, IHN ZU TÖTEN.
UND DU KENNST SOGAR IHRE PLÄNE! BRAVO! DARF MAN FRAGEN, WIE?
EINER DER PERSONENSCHÜTZER DEINES VATERS GEHÖRT ZU NICOLINI. WER, WEISS ICH NICHT. DU MUSST DIE POLIZEI BENACHRICHTIGEN, SHANIA. ICH WOLLTE ES ANONYM SELBER MACHEN, WENN ICH DICH NICHT GEFUNDEN HÄTTE.
NEIN, NICHT DIE POLIZEI. ICH RUFE DEN COLONEL AN.
WARTE ... WAS WEISST DU ÜBER DIESEN GEHEIMNISVOLLEN COLONEL?
NICHTS. NUR, DASS ER ÜBER MITTEL VERFÜGT, DIE DIE POLIZEI NICHT HAT. LASS MICH IN FRIEDEN!
LADY S, ENDLICH! SIE HABEN SICH AUS DER AFFÄRE GEZOGEN, BRAVO!
WENN SIE LIOBA DOBROWNA NICHT HÄTTEN ENTKOMMEN LASSEN, WÄRE ALLES GLATT GEGANGEN, COLONEL.
ICH GEBE ZU, ICH HABE SIE UNTERSCHÄTZT. WO IST SIE JETZT?
VERMUTLICH BEI NICOLINI, WO SIE GEFOLTERT WIRD, DAMIT SIE GESTEHT, DASS SIE IHRE AGENTIN IST. NORMALERWEISE MÜSSTE ICH AN IHRER STELLE SEIN.
SE/32

ICH VERMUTE, NICOLAS DARAKHIN HAT SIE DA RAUSGEHOLT. SELTSAM, NICHT?
DAS IST NICHT DAS WICHTIGSTE, COLONEL. DAS WICHTIGSTE IST, DASS NICOLINI DAMIT BEAUFTRAGT WURDE, ABEL RIVKAS, MEINEN VATER, ZU ERMORDEN.
AH ... JA, NATÜRLICH. DAS HÄTTE ICH MIR DENKEN KÖNNEN. ES IST NUR LOGISCH, DASS DIE RUSSEN IHN ELIMINIEREN WOLLEN. WO SIND SIE JETZT GERADE, SHANIA?
IN SICHERHEIT.
FALSCH. ICH WEISS, DASS SIE IN NIZZA SIND. ICH BEFEHLE IHNEN, SICH UNTER DEN SCHUTZ KOMMISSAR LEJEUNES ZU BEGEBEN, ICH KÜMMERE MICH UM DEN REST. - KLICK -
WO GENAU IN NIZZA?
IN EINEM UMKREIS VON 300 M UM DEN ALTEN HAFEN HERUM. WAHRSCHEINLICH EIN HOTEL.
SIE WIRD MIR NICHT GEHORCHEN, DAS IST SICHER. SCHICKEN SIE DAS TEAM, DAS IHNEN AM NÄCHSTEN IST, UM SIE ZU ERGREIFEN, BEVOR SIE VERSCHWINDEN. UND SCHNAPPEN SIE MIR DARAKHIN.
ES LIEGT NICHTS VOR GEGEN IHN.
SEIT WANN GEBEN WIR UNS MIT SOLCHEN DETAILS AB, FRANÇOIS? ER KÖNNTE UNS ALS TAUSCHPFAND FÜR DIE RUSSEN DIENEN, WENN DIE DINGE SICH SCHLECHT ENTWICKELN.
UND NICOLINI?
WIR WERDEN IHM DIE AUFGABE ERLEICHTERN. WER IST FÜR DEN SCHUTZ VON RIVKAS VERANTWORTLICH?
HAUPTMANN VENTURI VON DER BSPT*.
*SPEZIALBRIGADE ZUM SCHUTZ VON ZEUGEN.
INFORMIEREN SIE IHN, DASS DER TRANSPORT SEINES KLIENTEN MORGEN FRÜH STATTFINDET. WENN NICOLINI SO SCHLAU IST, WIE ICH DENKE, DASS ER ES ZU SEIN GLAUBT, WIRD ER ES MITBEKOMMEN.
ALSO GEHT RIVKAS EIN GROSSES RISIKO EIN.
DIESER KLEINE SCHEISSWISSENSCHAFTLER IST MIR SO WAS VON EGAL, FRANÇOIS. UND DIE RUSSEN, DIE SEINEN KOPF WOLLEN, AUCH. ICH HABE DEN AUFTRAG, NICOLINI AUF FRISCHER TAT ZU ERWISCHEN. ALSO VORZUGSWEISE NACHDEM ER SEINEN VERTRAG ERFÜLLT HAT.
SE/33

ES TUT MIR LEID, ABER BESUCHER HABEN KEINEN ZUTRITT ZUR FORSCHUNGSABTEILUNG.
HÖREN SIE, ICH WILL NUR PROFESSOR RIVKAS SPRECHEN. ICH BIN SEINE TOCHTER.
ES IST NIEMAND DIESES NAMENS HIER.
EIN PROBLEM, WACHMANN?
AH, HAUPTMANN ... DIESE DAME MÖCHTE ...
ICH WEISS, ICH HABE ES GEHÖRT.
ICH BIN SHANIA RIVKAS. ICH WEISS, DASS MEIN VATER HIER IST UND DASS ER GEFAHR LÄUFT, ERMORDET ZU WERDEN VON ...
SIE HABEN DEN WACHMANN GEHÖRT: ES GIBT HIER KEINEN PROFESSOR RIVKAS UND NIEMAND WIRD ERMORDET.
DIE, DIE IHN ERMORDEN WOLLEN, HABEN EINEN IHRER MÄNNER IN IHREM SICHERHEITSDIENST. SIE MÜSSEN ...
DAS REICHT JETZT. SIE LESEN ZU VIELE KRIMIS. VERLASSEN SIE BITTE DAS GELÄNDE.
ANGE? ICH BIN'S. ES GIBT PROBLEME ...
SE/34

WAS HAST DU JETZT VOR?
ICH GEHE HIER NICHT WEG, BEVOR ICH MEINEN VATER NICHT GESEHEN HABE.
JETZT, WO DEIN COLONEL AUF DEM LAUFENDEN IST, KÖNNEN WIR NICHTS MEHR TUN. ER WIRD DEINEN VATER WAHRSCHEINLICH VORSICHTSHALBER IN DEN NÄCHSTEN STUNDEN ÜBERSTELLEN.
EIN GRUND MEHR ZU BLEIBEN.
PAW
SE/35

AUF DEN BODEN, SCHNELL!

PAW PAW PAW

HINTER DEN BRUNNEN...!

PAW PAW PAW PAW PAW

TSCHORT!

HAUEN WIR AB, BEVOR DIE POLIZEI KOMMT. JETZT IST NICHT DER MOMENT, INS VERHÖR GENOMMEN ZU WERDEN!

40

ES GAB EINE SCHIESSEREI BEI SOPHIA ANTIPOLIS. EIN STUDENT WURDE VERLETZT. KOMMISSAR LEJEUNE IST VOR ORT MIT DEM KOMMANDANTEN DER DORTIGEN GENDARMERIE.
DAS HAT GERADE NOCH GEFEHLT. GIBT ES EINEN ZUSAMMENHANG MIT UNSEREM FALL?
SCHEINBAR. NACH DEN VON LEJEUNE BEFRAGTEN ZEUGEN WAREN DIE PERSONEN, AUF DIE GEZIELT WURDE, EINE HÜBSCHE BLONDINE UND EIN BRAUNHAARIGER SCHÖNLING. ABER MAN HAT SIE NICHT MEHR AUFGEFUNDEN.
DIE ESTIN UND DER RUSSE, GANZ KLAR. DIE BEIDEN IDIOTEN WERDEN ALLES VERMASSELN. ABER WARUM WOLLTE NICOLINI SIE ERSCHIESSEN?
ER WAR ES NICHT.
UNSEREM TEAM VOR ORT NACH SIND NICOLINI UND SEINE BANDE NOCH IN MARSEILLE.
ICH MUSS ZUGEBEN, DASS ICH NICHT MEHR DURCHBLICKE.
GUT, FRANÇOIS, GEBEN SIE HAUPTMANN VERDURI ORDER, DIE ÜBERFAHRT AUF 2 UHR HEUTE NACHT VORZUVERLEGEN. UND DASS MAN MIR EINEN AS341* MIT DER ÜBLICHEN AUSRÜSTUNG BEREITSTELLT.
* FRZ. KAMPFHUBSCHRAUBER VOM TYP GAZELLE.
HEUTE NACHT UM ZWEI UHR?! ... DIESE ARSCHLÖCHER!
WIR NEHMEN DIE KLEINE LANDSTRASSE RICHTUNG VALBONE. DREI AUTOS, KEINE MOTORRÄDER. DU HAST GERADE NOCH ZEIT, DICH DORT EINZUFINDEN.
ICH WERDE IM ERSTEN WAGEN SEIN UND RIVKAS IM ZWEITEN. NIMM NICHT DAS FALSCHE ZIEL INS VISIER, ANGE.
DU WIRST DOCH NICHT SELBER DORT HINGEHEN?
ICH HABE KEINE WAHL. MEINE BESTEN MÄNNER SIND GETÖTET WORDEN VON DIESER SCHLAMPE, UND ICH HABE NICHT DIE ZEIT, EIN NEUES ZUVERLÄSSIGES TEAM ZUSAMMENZUSTELLEN.
SE/37

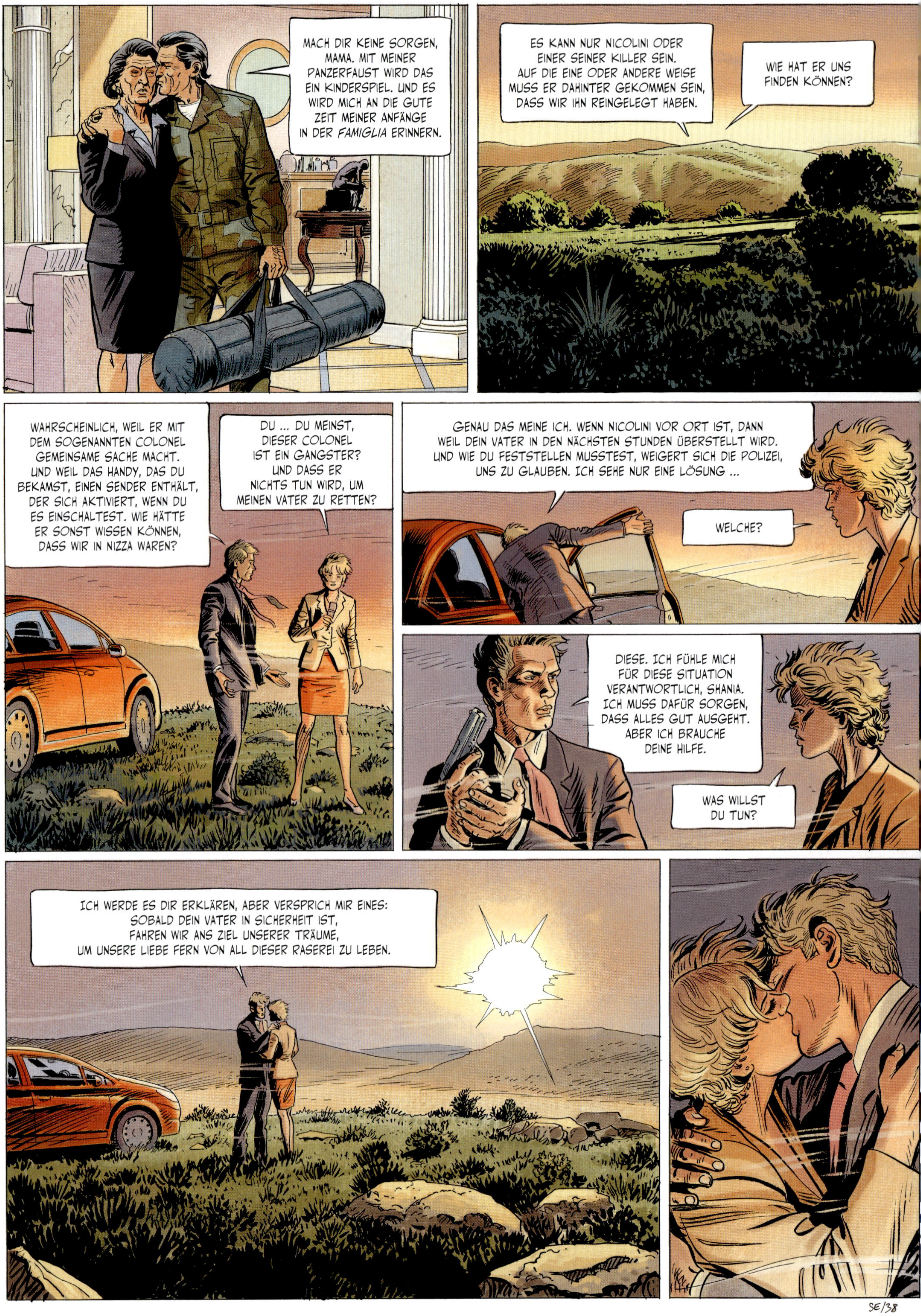
MACH DIR KEINE SORGEN, MAMA. MIT MEINER PANZERFAUST WIRD DAS EIN KINDERSPIEL. UND ES WIRD MICH AN DIE GUTE ZEIT MEINER ANFÄNGE IN DER *FAMIGLIA* ERINNERN.
ES KANN NUR NICOLINI ODER EINER SEINER KILLER SEIN. AUF DIE EINE ODER ANDERE WEISE MUSS ER DAHINTER GEKOMMEN SEIN, DASS WIR IHN REINGELEGT HABEN.
WIE HAT ER UNS FINDEN KÖNNEN?
WAHRSCHEINLICH, WEIL ER MIT DEM SOGENANNTEN COLONEL GEMEINSAME SACHE MACHT. UND WEIL DAS HANDY, DAS DU BEKAMST, EINEN SENDER ENTHÄLT, DER SICH AKTIVIERT, WENN DU ES EINSCHALTEST. WIE HÄTTE ER SONST WISSEN KÖNNEN, DASS WIR IN NIZZA WAREN?
DU ... DU MEINST, DIESER COLONEL IST EIN GANGSTER? UND DASS ER NICHTS TUN WIRD, UM MEINEN VATER ZU RETTEN?
GENAU DAS MEINE ICH. WENN NICOLINI VOR ORT IST, DANN WEIL DEIN VATER IN DEN NÄCHSTEN STUNDEN ÜBERSTELLT WIRD. UND WIE DU FESTSTELLEN MUSSTEST, WEIGERT SICH DIE POLIZEI, UNS ZU GLAUBEN. ICH SEHE NUR EINE LÖSUNG ...
WELCHE?
DIESE. ICH FÜHLE MICH FÜR DIESE SITUATION VERANTWORTLICH, SHANIA. ICH MUSS DAFÜR SORGEN, DASS ALLES GUT AUSGEHT. ABER ICH BRAUCHE DEINE HILFE.
WAS WILLST DU TUN?
ICH WERDE ES DIR ERKLÄREN, ABER VERSPRICH MIR EINES: SOBALD DEIN VATER IN SICHERHEIT IST, FAHREN WIR ANS ZIEL UNSERER TRÄUME, UM UNSERE LIEBE FERN VON ALL DIESER RASEREI ZU LEBEN.

SE/38

WO BRINGEN SIE MICH UM DIESE ZEIT HIN?
IN EIN ZENTRUM DES CNRS IN TOULOUSE. AUS GEHEIMHALTUNGSGRÜNDEN ZIEHEN WIR DIESE REISEZEIT VOR.
ES GEHT LOS.
ES GEHT LOS.
ES GEHT LOS.

SE/39

VORS ...

DA VORNE RECHTS ABBIEGEN.

... BREMS! ... BREMS!

AUSSTEIGEN!

?!

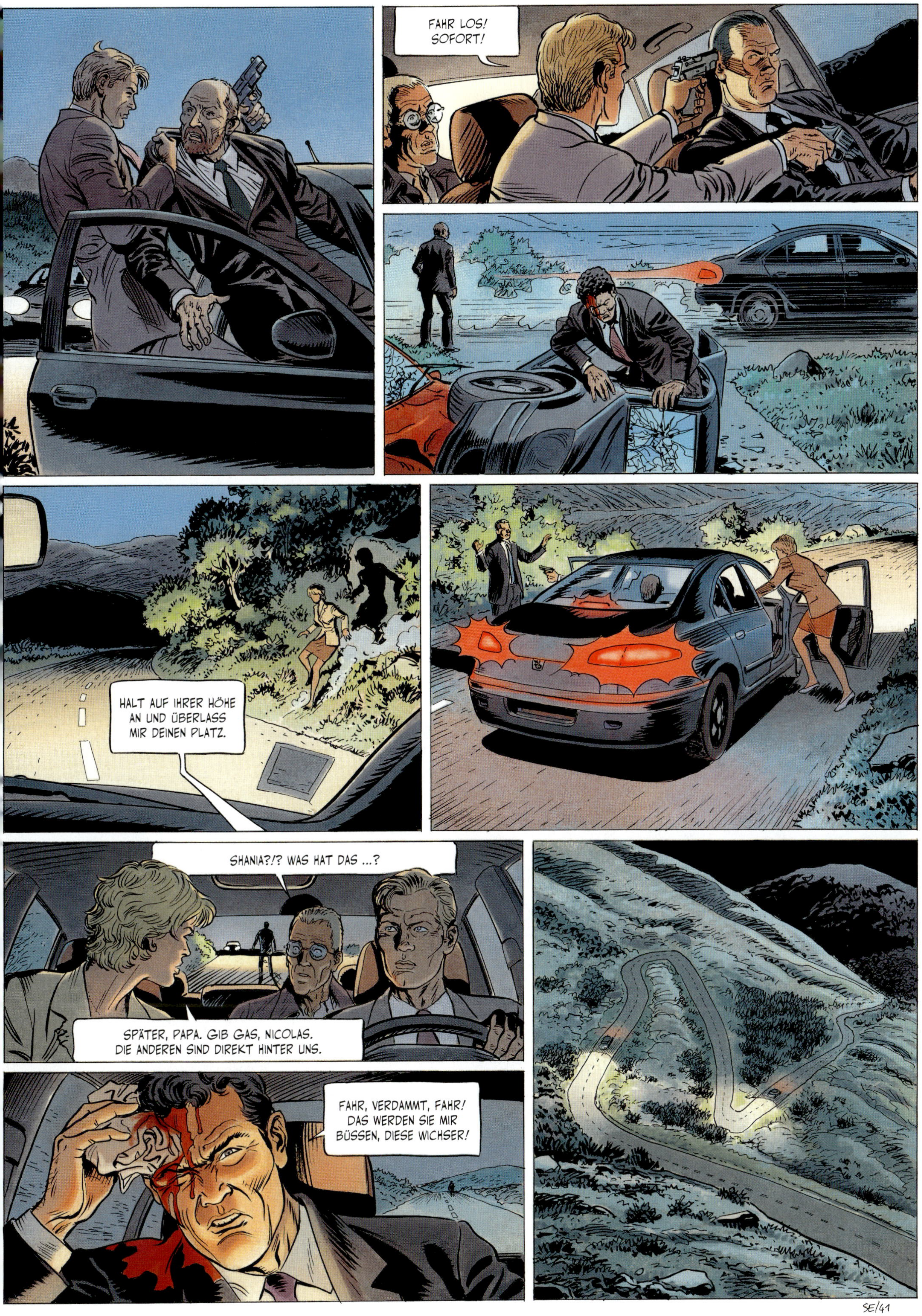
FAHR LOS! SOFORT!
HALT AUF IHRER HÖHE AN UND ÜBERLASS MIR DEINEN PLATZ.
SHANIA?!? WAS HAT DAS ...?
SPÄTER, PAPA. GIB GAS, NICOLAS. DIE ANDEREN SIND DIREKT HINTER UNS.
FAHR, VERDAMMT, FAHR! DAS WERDEN SIE MIR BÜSSEN, DIESE WICHSER!
SE/41

DIESE DRECKSKERLE SIND VON DER VORGESEHENEN ROUTE ABGEWICHEN. ABER ICH WERDE SIE TROTZDEM KRIEGEN.
BINGO! GERADE RECHTZEITIG!
„DAS ZWEITE AUTO. NIMM NICHT DAS FALSCHE ZIEL INS VISIER, ANGE."
SCHNELLER, NICHOLAS! SIE ERWISCHEN UNS NOCH!
ICH TU, WAS ICH KANN.
WIR KRIEGEN SIE! SIE WERDEN ...
DAS WAR'S! AUFTRAG AUSGEFÜHRT!
SE/42

SCHNELL ZU MEINEM GELÄNDEWAGEN UND NICHTS WIE WEG, BEVOR DIE KAVALLERIE ANRÜ ...
FLAPFLAP FLAP FLAPFLAP
VORSICHT, COLONEL, ER HAT EINE PANZERFAUST!
KEIN UNNÖTIGES RISIKO EINGEHEN, JUNGE: FEUER!
TRATTRATTT TRRR
MAN WOLLTE MICH ERMORDEN? ICH KANN ES KAUM GLAUBEN.
UND DOCH IST ES WAHR, PAPA.
WIR WERDEN IHNEN DAS, WAS WIR WISSEN, ZUR SELBEN ZEIT WIE DER POLIZEI ERZÄHLEN, PROFESS ...
PAW
SE/43